LES PREDICTIONS

DES SIGNES ET

prodiges qu'on a veu ceste
presente annee 1618.

Ensemble de la Comete cheueluë qui se
voit depuis quinze iours sur ce
florissant Royaume de France.

Descrites par le M. Prouençal.

A PARIS,

Chez Nicolas Rousset, en l'isle du Palais, viz à viz
des Augustins.

M. DC. XVIII.

LES PREDICTIONS
de la Comete cheuelue veue au mois de
Nouembre 1618. & autres signes &
prodiges.

DIEV ne se plaist point à nostre
mort, & ne s'y est iamais pleu, ains
veut il que nous nous côuertissiós
à luy, nous en donne les moyens &
nous appelle sans cesse.

Si le meschant fait penitence de
tous ses pechez qu'il a faict, (dict sa Majesté souue-
raine) & qu'il garde tous mes commandemens, &
qu'il face iugement & iustice: il viura de vie, & ne
mourra pas. Ie n'auray plus souuenance de toutes
ses iniquitez qu'il a faites, il viura en sa iustice qu'il
a faicte.

Il employe les Elements, les hômes & les Astres,
pour nous aduertir de nostre danger, & pour nous
appeller à luy.

Approchez vous de Dieu, & il s'approchera de
vous (dit le bien heureux sainct Iacques) pecheurs
nettoyez vos mains, & vous doubles de cœur, pu-
rifiez vos cœurs. Soyez miserables & lamentez, &
pleurez: vostre ris soit conuerty en pleurs, & vostre
ioye en tristesse. Humiliez vous deuant la presence

du Seigneur, & il vous esleuera.

Il met des signes au ciel pour nous aduertir que l'enormité de nos vices est môtee, & s'est esleuee cô-tre l'hôneur de son trosne, auec tant d'horreur que sa diuine iustice ne nous peut plus supporter & cô-seruer son estre admirable: Il employe aussi les Ele-ments pour nous aduertir. La terre à tremblé par deux diuerses fois ceste presente annee 1618 en Prouence, en Dauphiné, & à la Comté de Nice, en telle façon que plusieurs villages en sont esté abys-mez, les eaux ont fait des rauages si estranges en ces mesmes Prouince (que Dieu ayme & chastie pour leur bien) que presque tous les bleds qu'on auoit semez & les truicts de l'Automne se sontper-dus. Le feu à aussi fait son message fort notable pour tesmoigner l'enormité de nos fautes, puis qu'il s'en est pris au Palais plus celebre de l'Vni-uers, ou plustost au sainct temple de la iustice, & la presque tout embrasé sans qu'il se soit peu sçauoir au vray que quelqu'vn l'ait apporté & alumé dans ce sainct lieu. Et l'air nous tesmoigne par les pesti-ferez qui se sont trouuez ceste mesme annee, que Dieu est courroucé contre nous, & nous veut cha-stier de nos fautes, si nous ne les quittons, & ne re-courós de tout nostre cœur à sa saincte misericorde, & n'appaisons sa iustice par nos confessions, repé-tences, penitences, & satisfactions plongees & tré-pees au sang precieux de nostre Seigneur Iesus-Christ, sans les merites duque toutes nos œuures sont vaines & incapables de nous remettre en la grace qce nous auons perdue, en nous esloignans de nostre Dieu pour nous precipiter au malheur ou nous sommes tombez par nostre presomption.

Bref ceste bonté suppreme employe toute la nature pour nous aduertir de nos fautes & nous attirer
à noftre bon heur, & non feulement employe ce
bon Dieu toute la nature, mais qui eft bien d'auātage, il produit la Comete que nous voyons tous
les matins fur noft e Orizon, depuis quelque tēps,
laquelle eft outre l'ordre de nature, & nous repre-
fente (comme nous le dirons cy apres) les malheurs
& les tourments extrefmes qui nous accableront
du tout fi nous n'abandonnons nos vices abomi-
nables, & ne crions mifericorde à ce grand Dieu
que nous auons offencé par noftre ingratitude &
prefomption deteftable.

Les hommes fouffrent tout fi ce n'eft le bien eftre
Bien eftre eft vn malheur,
Dont l'homme ne fçauroit iamais eftre le maiftre
S'il ne craint le Seigneur.

  Si toft que l'homme eft bien, felon Dieu & le monde,
Il monte en vn Orgueil,
Qui le porte flotant comme vn vaiffeau fur l'onde,
De cercueil en cercueil.

  Tandis que le peuple de Dieu fuft fouz la feruitude d'Egypte, il y print patience, inuocqua perpe-
tuellement Dieu, & fit fon poffible à l'honnorer.
Mais il n'en fuft pas fi toft deliuré, qu'il murmura
contre Moyfe, qui l'auoit forty de là, luy demanda
des viures, & de l'eau, encores qu'ils veiffent bien
qu'il n'en eftoit pas mieux pourueu que les autres.
Et comme Dieu leur euft fait plouuoir de la Man-
ne pour leur nourriture, & leur euft donné de l'eau,
ils murmurerēt encores, & voulurent de la chair.
Mais comme ils eurent de la chair, ils en abuferent
en telle forte que la plus part creuerent à force de

manger, bref tant que ce peuple a esté affligé, il a inuoqué Dieu, mais Dieu ne l'a pas aussi tost mis à son aise, qu'il s'est mescongneu & à tourné le dos à son Createur & conseruateur, pour suiure la sensualité mondaine, ou plustost diabolique: la Loy de Dieu leur à despleu, ils s'en sont voulu faire à leur mode, & quelles menasses que Dieu luy ait fait, iamais ils n'ont quité leurs folies, tant qu'ils sont esté à leur aise. Mais comme la misere les à accablés, tout aussi tost ils se sont recogneus, & ont crié misericorde. Si est-ce, que iamais Dieu ne les a chastiez, qu'il ne les en ait aduertis auparauant, ou par ses voyants venerables, ou par Comettes, ou par autres signes tresclairs & tresmanifestes, de son iuste courroux. Et nonobstant tout cela, ils ont perseueré iusques à ce que les coups & les afflictiós les ont remis à raison. Voire ont ils tellement pourchassé & poursuiui leur malheur, qu'ils l'ont récótré, & en telle façon, que ce puple est totalemét perdu par sa propre faute, & a falu que Dieu tout bó & tout misericordieux, ait enuoyé son propre fils pour le rachepter, & pour nous donner vne nouuelle Loy, auec le moyen de l'obseruer & accomplir. Ceste Loy la plus saincte, la plus aisée & la plus agreable qui se pourroit souhaitter neantmoins les homme, ne la peuuent supporter & quoy qu'il la parfaitement obseruée) la nomme douce & aisee à obseruer, ils la disent mal proportionnee à leurs forces, & impossible, voire mesme auec l'ayde du S. Esprit, & s'en dressent de nouuelles selon leurs desirs, voire, & se choisissent des Docteurs à leur mode, & selon leur fantaisies, pour se faire instruire en leurs propres iuuentions. Si est ce outefois que comme Dieu n'a iamais chaſtié les rebelles & infidelles, qu'il ne les ait auparauant a-uertis,ou par vn moyen, ou par l'autre, pour leur donner temps de ſe recognoiſtre,& de ſe repentir & conuertir à luy, auſſi ne les a il iamais aduertis qu'il ne les ait punis iuſtement, s'ils ne ſe ſont re-pentis & conuertis de bonne heure.

Comme le peuple d'Iſraël euſt quitté le ſeruice de Dieu, & ſe fuſt atta ché obſtinemét à ſuire les Dieux eſtranges,ou pluſtoſt ſes propres paſſions, & inuentions deceuables, Dieu leur enuoya plu-ſieurs Prophetes pour les conuertir, il leur donna pluſieurs ſignes ordinaires pour aduertir les deſre-glés, à ce qu'ils ſe vouluſſent recognoiſtre, mais en fin les voyans obſtinez, il leur enuoya le ſigne extraordinaire (qui eſt le Comete) & les trou-uans touſiours plus obſtinez en leurs vices & meſ-chancetez,il les accabla de miſere & de peine, & permit que le Temple fuſt demoly,& Hieruſalem deſtruite & ruinée du tout. Ce Comete que Dieu enuoya à ce peuple obſtiné pour les aduertir de leur malheur,futur flamba vn an entier ſur le Tem-ple de Hieruſalem auant la ruine d'iceluy Temple, ayant la figure d'vn glaiue. Seneque rapporte qu'au temps de Neron le Comette parut vn long-temps ſur la cité de Rome , & ſon apparition fuſt ſuiuie d'vn nombre preſque infiny de malheurs & de ruines.

En l'anné 1500. l'on veit vne Comete en Poloi-gne durant dix-huict iours, apres laquelle la Po-loigne, & la Ruſſie furent grandement affligees & preſque ruinees du tout. Depuis on en a veu en Frāce pluſieurs tout de ſuite, aſçauoir vne au mois d'Aouft de l'année 1556. qui faifoit fon cours d'vn pole à l'autre , le long du meridien , elle parut tout le mois d'Aouft & de Septembre , vne autre parut au mois d'Octobre 1577. vne autre 1586. au mois de Decembre , laquelle auoit vne queuë à la figure de celie d'vn Pan, & deuant celles icy on en auoit veu trois autres, l'vne qui apparut trois mois durant en l'année 1314. & vne autre qui dura quatre mois en l'an 1337. & vn autre l'année 1472. qui fe porta d'vne telle viteffe par tout le Zodiaque , qu'il paracheua prefque la cource dans vn mois, l'ayant commencée au figne de Libra, & de la pourfuiuant fon train faifoit au commencement 40. degres chacun iour, & fur la fin 120. toutes lefquelles Cometes eftoiêt enuoyées aux hômes pour meffagers extraordinaires des maux extraordinairemeut commis par le peuple Chreftien , & de la peine extraordinaire qui l'appreftoit pour le punir, ie dis des maux extraordiuairement cômis par les Chreftiens, car qui iamais à rien veu de fi extraordinaire que ce qui f'en eft enfuiui? Les Chreftiens qui ne doiuent eftre qu'vn mefme corps & vne mefme volonté & qui fouloyent renuerfer tous les infidelles qui fe trouuoient opugnér la faincte foy Chreftienne, qui auec vn petit trouppeau de douze Apoftres & feptãte deux difciples armez de la parole de Dieu , de la foy , & de l'humilité pour toutes armes auoyent côuerti & conquis tout l'vniuers. Les Chreftiens dije qui fouloyent eftre fi vnis & fi fidelles les vns aux autres ont manqué de foy, fe font defvnis & prefque chacun deux à prefume de fçauoir plus que fes ayeulx, & que fes compaignons, & a dreffé (ô chofe deplorable) fa petite fecte â part:

de

de maniere qu'au lieu d'vne Eglise Chatholique &
Apostolique on voit mille & mille Sectes & mono-
poles, ennemis iurés les vns des autres & discordás
en tout, si ce n'est a oppugner la foy de l'Eglise de
Dieu, & à faire tous les autres maux qu'ils peuuent
excogiter estre faisables, car en cela ils sont tous
maistres passez & au lieu que les premiers Chrestiés
nos ayeulx venerables souloient chasser de par tout
les Otomans, barbares & cruels ennemis de nostre
foy, depuis l'aparition de ces cometes prodigieux
presque toute la Chrestienté a esté subjuguée & mi-
serablement asseruie sous la domination de ces
Turcs inhumains & desnaturez. Chose extraordinaire & deplorable que Iesus-Christ nostre re-
dempteur bien aymé ait permis pour punir nostre
presomption insuportable, & nuisible, que la
Chrestienté soit esté asseruie & s'asseruisse tous les
iours de plus en plus soubz la tyrannie & barbarie
cruelle des ennemis de la foy qu'il nous a donnee,
& que nonobstant tous ces grands chastimés nous
demeurions obstinez en nos opiniós, & n'en veuil-
lions point sortir : Certes il faut confesser que nostre orgueil & endurcissement est si grand & si bien
enraciné dans nos cœurs que iamais il ne s'effacera
que par nostre ruine, si la misericorde de Dieu ne
nous arrache à nous mesme pour nous bien heu-
rer. Car nos passions nous ont tellement aueuglez
que nous croyons le bien estre mal & le mal estre
bien, & sómes plus abrutis que les brutes mesmes.

Les animaux brutaux cognoissent leur contraire,
Et le fuyent tousiours:
Mais l'homme ambitieux cuide beaucoup mieux faire,
Et fait tout au rebours.

Ce grand Poëte des Roys , & Roy des Poëtes
Ronſard , comme participant plus de la diuinité
que le reſte des hommes , auoit fort bien recognu
des le premier mouuement de nos preſomptions,
que le branſle de nos opinions nous porteroit en
l'abyſme du deſordre , & de la deſvnion où nous
ſommes tombez , & nous l'auoit fort bien repre-
ſenté en ſes doctes & incomparables vers, & auoit
il auſſi tresbien iugé que nous en eſtions trop auant
pour nous en pouuoir deſdire: c'eſt pourquoy il ſe
mettoit bien ſouuent ſur ceſte exclamation,

O heureuſe la gent que la mort fortunée
A depuis neuf cens ans ſous la tombe amenée.
Heureux les peres vieux des bons ſiecles paſſez
Qui ſont ſans varier en leur foy treſpaſſez.
Ains que de tant d'abus l'Egliſe fuſt malade
Qui n'ouyrent iamais parler d'Oecolampade,
De Zuingle, de Bucer, de Luther de Caluin:
Mais ſans rien innouer au ſeruice diuin,
Ont veſcu longuement puis d'vne fin heureuſe
En Ieſus ont rendu leur ame genereuſe.

Ce Poëte & Prophete admirable dy-ie apres a-
uoir bien conſideré ce que ces Cometes pouuoient
ſignifier, conclud qu'elles ne prediſoient autre que
noſtre malheur, & le dit en ceſte ſorte.
Cela nous prediſoit que la terre & les cieux
Menaſſoient noſtre chef d'vn mal prodigieux.

Et de fait quoy que dient les Phiſiciens de la cō-
poſition & ſignification des Cometes , c'eſt vne
choſe aſſeuree qu'ils n'en ont aucune cognoiſſance
car c'eſt vn ſigne qui ne paroiſt iamais que pour de-
notter que Dieu eſt courroucé contre nous , & que
les effects de ſa iuſtice ſont fort proches pour nous

punir. Aussi ne le voit on iamais paroistre qu'au temps que quelques grands maux se machinent, car Dieu n'enuoye iamais ce signe espouuantable en vain ny hors de saison, il veut que ce signe dóne de la terreur aux malfaicteurs, & les arreste à considerer que Dieu void leurs conspirations & entreprises, les deteste & est prest pour punir ceux qui les voudront parfaire & s'obstineront à les executer. Au temps que les Chrestiens ennuyez de bien viure & bié estre cómencerét à se mocquer de leurs peres & de leur façon de viure. Alors dy-ie qu'ils se presumerent estre tres doctes & tres suffisans pour reformer la loy de Dieu, en ce téps la mesme Dieu leur enuoya des Cometes & autres prodiges pour leur monstrer qu'il estoit desplaisant de leur arrogance, & ne la vouloit nullement supporter , ains estoit il prest pour les chastier s'ils ne se remettoiét & contenoient dans les anciennes bornes de la modestie & du deuoir. Ny pour tout cela , le bon heur & le trop d'aise auoit aueuglé les hommes, rien ne les peut arrester, les grands firàt des entreprinses les vns sur les autres, & voyans combien les hommes vulgaires estoiét vains hautains & amoureux de leurs aduis & opinions , ils firent semblant d'estre des leurs l'vn s'arma de ceux d'vne secte & l'autre de ceux d'vne autre & chacun se seruit des siens à venger ses passions & à tascher d'vsurper le bien d'autruy pour accroistre le sien, & tant à duré leur tragedie que tout le monde s'est peruerty & la religion les loix & la iustice ont perdu le plus beau de leur lustre & de leur authorité. Le Turc s'est augmenté à son aise, & les Chrestiens se sont meurtris & deuorez eux mesmes. On combattoit pour

reformer l'Eglife, & on a prefque tout gafté. Les reformateurs fe trouuent les pires, de façon que fi vn
ange d'en haut iettoit les yeux fur ce qu'ils mouuēt
icy bas, il auroit difficulté de cognoiftre s'ils font
hommes ou beftes, car ils ne fçauent ce qu'ils dient
ne ce qu'ils font. Mais que pourroit auiourd'huy
penfer des Chreftiens vn Turc, les entendans, dif-
puter de ce que leur religion qu'ils ne fuiuent pas,
enfeigne de croire.

Que pourroit penfer vn Iuif , quand il verroit
tant de Chreftiens armez en deux pars, chercher à
poinctes d'efpees dans leur fang, & dans les ruines
de leur pays, le fens de leur Euangile, brufler leurs
maifons pour efclairer leur foy, & dans le falpetre,
& entre les efpouuantables fiflemens des canons,
chercher Dieu & leur falut, & fur vne particule d'O-
raifon , & quelques differences du feruice d'vne
mefme religion, fe meurtrir & s'entretuer? feroit ce
point vne mauuaife femonce pour faire à l'vn quitter fon faux Dieu & à l'autre fon incredulité? Ou
comme le dit tres-doctement le grand Ronfard.

Mais qui feroҭ le Turc, le Juif, le Sarraȝin,
Qui voyant les erreurs du Chreftien fon voifin,
Se voudroit baptifer? le voyant d'heure en heure
Changer d'opinion, qui iamais ne s'affeure:
Le cognoiffant leger mutin fedicieux,
Et trahir en vn iour la foy de fes ayeux?
Jnconftant incertain, qui au propos chancelle
Du premier qui luy chante vne charfon nouuelle?
Le voyant Manichee, & tantoft Arrien,
Tantoft Caluinien, tantoft Lutherien,
Suiure fon propre aduis non celuy de l'Eglife:
Vn vray iong d'vn eftang le iouet de la bife,

Ou quelque girouete inconstante & suiuant
Sur le haut d'vne tour la volonté du vent,
Et qui seroit le Turc lequel auroit enuie
De se faire Chrestien en voyant telle vie?

Qui verroit deux hommes dans vne campagne, tous deux parents & tous deux acheminez à vn mesme Pays, & sur la difference & eslection de leurs chemins, se meurtrir & s'entre tuer, que iugeroit il de leur santé? Les Loix crient que lon ne doit souffrir peine de sa pensée, le peché se punit, l'ignorance s'excuse & la volonté le separe, & l'amendement du dernier ne peut estre, ou que de la raison par sa clarté, ou de Dieu par la presence de son esprit. Que si l'opiniastreté s'y est trop collee & y à ietté de trop longues racines, si le preiudice y prend tousiours le deuant, & y attache l'opiniastreté, la perfection de la cure se doit attendre & du temps & du Ciel, car d'y vouloir apporter le cautere, ce n'est qu'irriter le mal, & respandre d'auātage l'humeur qui peche, & tout ce labeur n'est que cou rir tousiours pour deuācer son ombre. Que si dans l'œil il y a vne paille, qui le creue pour le guerir le perd du tout, si en vn instrument de Musique il se trouue vn faux accord, faut-il brusler l'instrument pour reparer l'armonie? il n'y a point d'homme au monde qui ayme le naufrage, & nul ne desire perir & le cognoistre & la poursuitte du bien est le labeur du iour de l'homme. Il n'y à aussi si malheureux, qui ne cherche l'issuë de sa peine & celuy qui en la voye se fouruoye, demande tousiours d'estre redressé, celuy qui tatone dans les tenebres, tourne tousiours les yeux vers la clarté, & rien n'est si cher à l'homme, que la presence de la verité. C'est pour-

quoy c'eſt rigueur & iniuſtice tout enſemble de
mal faire à celuy qui veut le bien, qui le cherche, &
ne le peut voir, & qui fuit l'erreur, & qui malgré luy
däs l'erreur eſchouë. Dieu ne nous veut tirer à luy
aux mains les manotes ou enchainez cõme forçats,
nous montons à luy par foy ouurãte, nous y entrõs
par charité, il n'eſt point vn Mars ſanglant & em-
piſtollé. Il n'eſt pas vn Bacchus Omeſtes, duquel
l'autel ſoit vn gibet, vn pillory ou vne voirie, & duquel les effuſions ſoyent ruiſſeaux ou fleuues de
ſang humain. Dieu n'eſt point vn tyran, vn Buziris
vn Polionettes, vn Meurtrier vn bandoulier, & qui
ne maintienne ſa puiſſance que par eſtonnement
par garniſons, par bourreaux & par ſatellites, auſſi
ne faut-il nous reduire à l'exemple de Mahommet
lequel à renfermé la durée de ſa religion dans ſa
tyrannie qui ne ſe maintient que par le glaiue &
par l'effroy. C'eſt pourquoy infinies fois le ſuccez
des choſes nous à fait cognoiſtre, que ce n'eſt point
par la guerre que l'on s'eſleue à la cognoiſſance de
luy, & que le fer, ny les flammes, ne peuuent, ny
eſteindre ny amander l'hereſie, mais tout au contraire qu'ils fomentent l'erreur, & le multiplient, &
d'vn reformable abus, engendrent touſiours vne
imployable opiniaſtreté, & que la guerre eſt la pol-
lution & lauiliſſement de toute religion. Et de faict
rien n'a tant augmenté l'hereſie de ce temps que
les guerres qu'on à fait ſous pretexte de maintenir
la religiõ & rien ne la tant amoindrie que la paix, de
la vient que ceux qui viuent & eſperent de s'augmé-
ter de l'accroiſſement de l'erreur & de l'hereſie,
portent autant qu'ils le peuuent faire leurs ſuiuans
& eſcoutans au preparatif de la guerre, & irritent le

plus qu'ils peuuent ceux de croyance contraire par
leurs liures & par leurs difcours, pour les mettre
aux champs,& faire venir aux mains fous l'efperan-
ce qu'ils ont que cela aduenant leur party s'aug-
mentera d'vn million de libertins qui ne deman-
dent que robe. Mais fi tout le monde aime fon
bien & le veut embraffer tels abufeurs mourront
dans leur honte. C'eft fans doubte que Dieu eft
mal content(s'il eft permis d'en parler en ces ter-
mes) de quelque antreprife qui fe trame & ne
peut fortir à effect (fi mon calcul & la figure & fi-
tuation de cefte Comete ne me trompe) iufques
au 29. de Decembre 1621. Si ceux qui ont leur Zenit
fous ces fignes auec les autres qui en font, ne font
arreftez par l'aparence de cefte Comete, qui les
menaffe de mort violente, les vns & les autres non
long temps apres leur expedition faicte , comme
auffi prefage elle la ruine entiere de plufieurs
Prouinces,& principalement des Pafteurs de l'E-
glife qui fe trouueront abufer de leur benefices,
Dieu par fa faincte grace vueille auoir mifericorde
de nous,car s'il ne luy plaift d'arrefter les mauuais
deffeins , plufieurs auront grandement à fouffrir
& principalement les fucceffeurs de ceux qui les
meinent

Mais retournant a noftre premier difcours. L'ex-
perience nous a affez fait cognoiftre,que toufiours
prefque vn mefme erreur produit vne mefme cheu
te. C'eft vne chofe arreftée & trop & trop cognuë
que ceux qui foubs pretexte de maintenir l'Euangile ont mis les prouinces en armes, les hommes
au meurtre, & les femmes & les vierges à la pro-
ftitution & abandon des foldats inconfiderez : les

Religieux & Religieuſes auec les cloiſtres & les
temples à l'indiſcretion & libertinage des hereti-
ques, ſont tous peris miſerablement, & les ſouue-
rainetez ont penſé perdre leur richeſſe, leur luſtre,
& leur authorité. C'eſt tout ce qu'a produit l'ambition inconſideree des grands, & la preſomption
aueuglee des petits. Mais ce n'eſt pas merueille, ains
eſt ſelon l'ordinaire.

Touſiours l'enuie de dominer, & la preſomption
de ſçauoir plus que le commun, ont diuiſé les peuples, & ruiné les Republiques, Royaumes & Em-
pires: & de ceſte diuiſion procede peculierement la
deſobeyſſance, de la deſobeyſſance le meſpris des
loix, & le contemnement du Magiſtrat, & de cela
tout enſemble decoulent comme de leur ſource
naturelle, les rebellions, conſpirations, ſeditions,
guerres ciuiles, & ruines des Monarchies : Car la
Mouarchie eſt vn corps qui ne peut eſtre diuiſé
ſans ruine, & auquel la ſocieté eſt touſiours mal fea
ble, où l'egalité iamais ne ſe meſle, ſinon comme
vn tourbillon entre deux airs, ou vn tonnerre dans
vne nuee qui l'agite & qui le remue, & qui en deſ-
reigle & deſvnit les accords, & laquelle change en
fin l'eſtat de la Republique, ou en pluralité de ty-
rannies, par la violence des vſurpateurs, ou en Oli-
garchie par la tourmente des contraires factions
qu'elle y excite. C'eſt pourquoy diuiſer en la Mo-
narchie, c'eſt rebeller, & deſvnir des ſubiects ſoubs
quel beau pretexte que ce puiſſe eſtre, c'eſt aſſem-
bler des rebelles, & proprement trancher le cours
ordinaire d'vne riuiere pour en deſtourner l'eau en
pluſieurs ruiſſeaux.

Sommes nous donc enchantez de quelque eſtō-
nement

nement d'enhaut, que ceſte raiſon ſi lumineuſe ne
puiſſe eſclater & faire paſſage en nos eſprits, que
nous puiſſions cognoiſtre que les choſes les plus
ſenſibles qui ſe touchent & qui ſe manient ne ſe
puiſſent offrir à nos ſens. Que nous bruſlions aux
rais de la chandelle, & ne puiſſions tourner les yeux
vers ſa clarté, & que nous ne puiſſions cognoiſtre
la main qui nous en cheueſtre? L'ambition ſera elle
touſiours le flambeau fatal qui remplira le monde
de mortes querelles? Heurterons nous de la teſte
la porte des enfers premier que de releuer de ceſte
maladie. Nous ſuiuons touſiours nos erreurs dans
vn cercle, & roulons touſiours vn meſme tonneau,
C'eſt vn pareil que nous faiſons nous meſmes, &
dans lequel les yeux ouuerts nous trebuchons, &
plus il preſſe & plus il poinct, & plus nous reſtons
opiniaſtres au reſſentiment de nos maux : quelle
miſere eſt il de ce poure peuple Chreſtien, qui nuict
& iour bruit & bourdonne inceſſamment, l gronde,
de, & il murmure contre l'eſtat que Dieu a eſtably
en ſon Egliſe : ingrat animal ennemy des gens de
bien, contempteur de vertu, qui n'aime la guerre
pour ſa fin, ny la paix pour le repos, ſinon d'autant
que de l'vn à l'autre il y a touſiours changement,
la confuſion luy fait vouloir l'ordre. & quand il y
eſt luy deſplaiſt, il court touſiours d'vn contraire à
l'autre, & de tous les temps le ſeul futur les repaiſt,
monſtre admirable dont toutes les parties & particules ne ſont que langues qui touſiours de tout
parle & rien ne ſçait, qui tout regarde & rien ne
voit, qui rit de tout, qui tout pleure, ingrat, méteur
muable, meſdiſant, idolatre de vanité, qui comme
le moineau vole la mouche & quicherit ceux qui

l'opriment, qui craint tout, qui tout admire, & bref
duquel le iugement & la sagesse sont tousiours trois
dez & l'aduenture.

Quel grand malheur est ce que toutes nouueau-
tez, quelques miseres qu'elles trainent auec soy, &
quelque degoust que la raison leur donne , font
tousiours bresche en vn grand peuple, & trouuent
tousiours assez de lieux vuides és esprits foibles
pour s'y seoir , & les bons conseils ny font iamais
bien receus, que quand les profits en sont escoulez
& le dommage receu. Recognoissons doncques
pour nostre profit sans passion aucune , toutes les
issues de ce mouuement qui nous desvnist & separe les vns d'auec les autres au grand aduantage des
infideles, faisons que le iour & nos yeux penetrent
en toutes ses cachettes, oyons que ce ne soit au
Turc (qui seul attend du profit par nos controuer-
ses) comme au chat vn esteuf pour exercer toutes
les subtilitez de sa pate.

C'est vne maxime en fait d'estat que toute fa-
ction liee dans vne republicque est tousiours vn
corps solubre. Que c'est tousiours vne vnion fort
diuisible, ou l'inegalité fait tousiours bresche ou
vn ieu, vn regard, vne parole, & mille telles legeres
aduantures peuuent à chaque heure changer les in-
terests & la foy. Que partant la moindre petite ou-
uerture & le moindre petit souspiral, qui parroisse
en la desvnion, l'ordre & l'intelligence se separent,
& tout tombe en confusion. Que de la le retour
naturel des choses s'offre de luy mesme, & les eaux
que l'on auoit presslees de leur debordement, r'en-
trent en leur premier ventre, & en leur premier ca-
nal. Que de la il est tousiours bien aisé à celuy que

la nature rempare &fortifie,de faire profit de leurs
diuifions,& peu à peu de les ruiner , & iamais ne
s'en vift prefque autre iffue. Que fi en fin cela eft,
combien de labeurs vains? combien de maux inu-
tilement endurez? combien de milliers d'hommes
fous la terre fans profit,& le peuple mal fage apres
auoir efté la moiffon des vaincus,reftera encores la
glane du vainqueur,& des reliques de fon naufrage
payera l'amende de fon incredulité,peuple mifera-
ble qu'il faille toufiours ou qu'il ferue toufiours
tes baffemens , ou qu'il foit fans mefure infolent
en fon aife , & en fa profperité defia vous pref-
fez les bords de ce precipice , & courez de pieds
& de mains fur ceux qui vous portent la chandelle pour vous y efclairer le danger , vous dreffez
des autels à voftre feruitude,& vous allumez côme
le Phenix,le feu dãs lequel vous bruflez,vous faites
comme le fot Monton fi l'vn entre en vn gouffre,
tous les autres le fuyuent, & auec vne fonnette, vn
fifflet, ou vn bruit de nouueauté,lon vous affemble
comme les Mouches au fon d'vn baffin , & vous
trouue-ton toufiours tous appreftez à fuir le bien,
& à embraffer le mal,à quitter & rejetter la Loy de
Dieu & à embraffer toute forte d'herefies nouuelles,& à les fuiure & maintenir de tout voftre cœur,
n'auez vous point de honte , mais pluftoft n'auez
vous point d'horreur de proceder ainfi, péfez vous
que ceux de ce temps icy,foient plus fauoris de
Dieu que nos anciens Peres , & qu'ils entendent
mieux la faincte Efcriture? n'auez vous point d'efprit & ne voyez vous pas qu'ils ne fçauent rien de
bon,que ce qu'ils ont apris dans les facrez cayers de
l'Eglife ancienne,& qu'ils font auffi deprauez en

C ij

leur vie que vous la ſçauriez eſtre, & n'ont aucune
vertu particuliere que celles que vous auez ou pou-
uez auoir par trauail, pourquoy donc quittez vous
la foy de vos ayeulx pour ſuiure vne ſecte nouuelle
& l'adorer? pource qu'elle permet de tout faire, &
de tout penſer, bref de viure en liberté. Ne voyez
vous pas les ſignes que Dieu nous mande, & n'en-
tendez vous pas ſa voix qui vous appelle? Approchez vous de moy (dit il) & ie m'approcheray de
vous, Pecheurs nettoyez vos mains. Quittez don-
ques vos opinions, enquerez vous de l'ancienne
voye des Chreſtiens, & l'ayant trouuee ſuyuez la,
car c'eſt par elle ſeule qu'il faut paſſer pour aller en
paradis.

Heureux trois fois celuy qui en Dieu ſe conſole,

Au temps d'aduerſité:

Et ne l'offence point de faict ne de parole

En la proſperité.

La Comette que i'ay veuë ce iourd'huy premier de
Decembre, enuiron cinq heures du matin, a eſté
veuë par de mes amis qui n'en ont aduerty depuis
le vingt & deuxieſme de Nouembre. Elle ſuit à ce
que i'en ay peu obſeruer, le zodiaque comme les
planetes d'Occident en Orient, & eſt au ſigne de
Cancer: meſmes eſt elle emportee par le mouuemét
iournel d'Orient par Midy en Occident, comme
les autres planette: Elle a vne fort longue cheue-
lure eſtendue contre l'Occident, & l'ay ie veuë de
ceſte bonne ville de Paris. Puiſſions nous tellemét
retourner nos cœurs à l'obeyſſance de Dieu, qu'il
ait pitié de nous, & nous vueille pardōner les enor-
mes fautes que nous auons commiſes contre ſa
ſain&te Majeſté, pluſtoſt que de nous punir ſelon ſa

iuſtice, comme il nous en menace par ce prodigieux ſigne.

PREDICTIONS FAITES

ſur la nature de ceſte Comete, & autres ſignes de ceſte preſente Annee.

Voy que ie ſçache fort bien, Dieu mercy, que les Predictions qui ſe font touchant les actions qu dependent de la libre volonté de l'hō ne, & les occureces qui ſuruiennent en la contingence des choſes caſuelles ſont incertaines & le plus ſouuent totalemēt nulles Si eſt ce que ie ne me puis contenir de dire mon aduis ſur l'apparence de ceſte Comete, qui à la verité eſt fort eſmerueillable, & ſur les autres ſignes que Dieu nous à monſtré ceſte preſente année, pour nous induire à quitter nos vices, & à ſuiure noſtre ſalut, & ce qui me pouſſe à ce faire, n'eſt autre que le deſir que i'ay que nous nous incitions les vns les autres, à conſiderer l'euormité de nos faures & le bien que Dieu nous fait d'eſnouuoir tous les elemens, comme il fait pour nous aduertir de la ruine que nous auons nous meſme apreſtés, laquelle eſt preſte à nous tomber deſſus, & nous accabler du tout comme elle le fera ſans doubte, ſi nous ne recourons à la miſericorde de noſtre Seigneur Ieſus Chriſt pour en eſtre deliurez.

De la Comette, & ce qu'elle signifie.

CE que nous pouuons dire de plus probable, touchant la matiere & la forme de ceste Comete est, qu'elle est vne impression en l'air en forme d'vne estoille cheuelue, causee par vne grasse exhalation chaude & seche attiree en la supreme region de l'air par la certaine vertu occulte d'vne estoille qui l'attire à soy côme l'aimât attire le fer & l'ambre la paille. Quand à ce qu'elle signifie nous n'en pouuons parler qu'a tastons, & par exemples & inductions. Mais en ceste sorte ie trouue que de 66. Cometes qui sôt apparues depuis la resurrectiô du bien aymé fils de Dieu, il n'y en à pas eu vne qui n'ait predit quelque diuision de creance & punition aux pasteurs de l'Eglise. Celle qui apparut sur le temple de Hierusalem vn peu deuant sa ruine (ainsi que le rapporte Iosephe) predit la destructiô totale des anciens Leuites & la diuision de leur creance.

Celle qui apparut du temps de Neron (de laquelle parle Seneque) predit la diuision qui se feit non long temps apres par Cherintus & Ebion, ensemble l'affliction que les Pasteurs de toute l'Eglise Chrestienne receurent par la mort du bien heureux saint Pierre, & du bien heureux S. Paul. Celle qui apparut l'an 1140. predit la desvnion des Pasteurs de l'Eglise, causée par l'heresie des Nestoriens, & la naissance de l'abominable & tres-detestable secte de Mahomet.

Celle qui apparut l'année 1200. predit la venuë de la secte des Albigeois & celle des Vaudois.

Celles qui sont aduenues depuis l'annee 1330.

iufques à 1600. ont predit la grande defvnion qui
a depuis efté caufeepar les opinions deteftables de
Luther ,de Bucer,d'Oecolampade,de Caluin , de
Beze,& autres mal heureux herefiarques. Bref
toufiours laComete predit la diuorce &la defvnió
touchant la creance.Defvnion qui eft la caufe ef-
ficiente des guerres ciuiles , & par confecquent de
toute forte de malheurs,de la &. des obferuations
que i'ay peu faire depuis quelques annees de la
difpofition des Aftres & des affaires du monde, ie
conclus qu'il aduiendra bien toft (fi Dieu n'a pitié
de nous) vne telle defvnion de creance entre les
peuples de l'Europe,& principalement entre ceux
qui font fous les fignes duLyon& de l'Ecreuice,&
vne telle efmotion d'efprit qu'ils ne pourront viure les vns auec les autres,& s'entretueront comme chiés,chacun fera fa loy à part, & tous enfem-
ble feront bandez contre les Ecclefiaftiques,& có-
tre les Reformateurs,& les hayront plus que la pe-
fte:bref ils ne receuront aucune religion que leurs
cenfuelles,& plufque brutalles paffiós defreglees,
& ne croiront en Dieu que fous bons gages, Dieu
par fa faincte grace y vueille pouruoir.

Le tremble terre qui s'eft fait cefte annee auec
les deluges d'eaux dont nous auons parlé des le
commencement me font craindre pour la par-
tie meridionnale de noftre France. Mais l'embra-
fement du facré temple de la iuftice de ceft eftat
m'affeure que Dieu a les verges en la main pour
nous chaftier. Toutesfois mes obferuations ne
m'affeurent rien de grand pour cefte annee. Ains
portent elles que plufieurs grands debats, grands
meurtres , conflagrations & ruines aduiendront

en la Grece & autres terres subiectes au grãd Turc
qui seront à cause des Sectes & desvnions de leur
creance, touchant l'interpretation de l'Alcorant,
& encores que les Chrestiens habitez au septiesme
climat seront en grands troubles & querelles. Les
entrepreneurs seront heureux en leurs entreprises
mais malheureux en leur vie & de prompte depes-
che. Dieu vueille qu'és annees 1621. 1622. & 1623.
la France ne soit contrainćte de souffrir le chasti-
ment dont ceste Comete & les prodiges & autres
signes de ceste presente annee nous menacent.

FIN.